213
6

LE CAPITAINE

WAMBERGUE

LE CAPITAINE

WAMBERGUE

LILLE,

AU BUREAU DE L'ASSOCIATION DES ANCIENS ÉLÈVES DE MARCQ.

—

9 JUIN 1891

Le capitaine Wambergue, né à Norrent-Fontes, est mort au Tonkin, victime de son ardeur guerrière et de son dévouement à la Patrie.

Le climat meurtrier du Tonkin a eu raison de sa vigoureuse santé et de sa robuste constitution. Cette fin prématurée a plongé dans la désolation son honorable famille, ses anciens camarades de Marcq et ses nombreux amis.

Le capitaine Wambergue était un officier distingué et plein d'avenir.

Sorti de l'école de Saint-Cyr en 1869, il entra comme sous-lieutenant au 17ᵉ régiment de ligne.

Nommé lieutenant au 27ᵉ de marche, au début de la guerre de 1870, il fit la campagne de l'armée de la Loire, et prit part au meurtrier combat d'Orléans du 11 octobre, où une division fut chargée, à elle seule, de soutenir le choc de l'ennemi, pour protéger la retraite de l'armée de la Loire encore en formation.

Vingt-sept officiers de son régiment furent tués ou blessés pendant cette journée.

Wambergue fut blessé deux fois et ses vêtements furent percés de quatorze trous de balle.

Aussitôt qu'il put se remettre sur pied, il reprit du service, et fut nommé capitaine au 86ᵉ régiment de ligne.

Il conserva le grade de capitaine à la révision des grades : et fut appelé bientôt après à remplir les fonctions d'adjudant-major.

Il resta au 86ᵉ jusqu'en 1882.

Il passe à cette époque, sur sa demande, en Afrique, au 2ᵉ régiment de zouaves pour prendre part aux expéditions qui se préparaient en ce moment.

Il n'avait compté que sur son courage, sans tenir compte des dangers qu'il aurait à courir et qui devaient lui être funestes.

Partout où a passé le capitaine Wambergue, il a été estimé et apprécié de ses chefs, aimé de ses camarades, adoré de ses soldats.

C'est qu'à une grande science, à une profonde érudition, à un caractère noble et loyal, il joignait la bonté du cœur, qui lui gagnait la sympathie de tous ceux qui l'approchaient. (*L'Émancipateur de Cambrai* du vendredi 23 octobre 1885).

ORDRE DE RÉGIMENT N° 155.

DÉCÈS DE 2 OFFICIERS AU TONKIN.

C'est avec une profonde douleur que le Colonel fait part au
Régiment de la mort de deux de
nos camarades du bataillon du
Tonkin : MM. le capitaine Wambergue, décédé le 7 octobre 1885,
le sous-lieutenant Brisset, décédé
le 9 octobre 1885, l'un et l'autre
victimes du choléra.

Nous savons tous avec quel
entrain, quel bonheur, le capitaine Wambergue s'embarquait
le 30 janvier dernier, pour prendre part à la lointaine expédition du Tonkin.

Il rêvait de glorieux combats et voyait, dans un mirage par-
ticulier à l'armée, la Légion d'honneur, les grades, récompenser
les belles actions qu'il aurait accomplies.

Et voilà que la maladie le saisit, l'étrangle et le terrasse, lui
robuste et vaillant entre tous. Si à un moment quelconque le
capitaine Wambergue avait pensé succomber là-bas, c'était la
mort à l'ennemi qui lui semblait devoir être la sienne : car il
était aussi brave que robuste : et les blessures, qu'il reçut en
1870, nous l'attestent.

Comme l'écrivait le lieutenant-colonel Callet le 11 juillet dernier, le capitaine Wambergue était un excellent officier, apte à toutes les missions, d'un jugement sûr dans le commandement et plein de sollicitude pour la troupe. Il eut été officier supérieur remarquable ; voilà le soldat.

Quant au camarade, les regrets profonds qu'il laisse au régiment montrent qu'il avait su se faire aimer de tous. Nous ne l'oublierons pas dans les causeries sous la tente; nous aimerons à nous rappeler le camarade dévoué, l'ami sûr que nous pleurons avec tous les siens.

Nous n'oublierons pas non plus M. Brisset, ce jeune sous-lieutenant de réserve qui, il y a bien peu de temps, sollicitait et obtenait du Ministre, l'honneur de combattre dans les rangs du 2ᵉ zouaves ; lui non plus il n'a pas eu la mort que peut-être il avait entrevue; et elle le frappe au milieu des nôtres, et quoique inconnu pour nous, sa mort nous donne le droit d'unir nos regrets à ceux de sa famille.

Les officiers qui viennent de succomber ne sont pas les seuls que la maladie ait atteints : les sous-officiers, les caporaux et les zouaves ont déjà trop largement payé leur tribut, aux rigueurs du climat du Tonkin.

Nous avons pris et nous prenons part à la douleur des familles de tous, parce que tous font partie de cette grande et illustre famille, qui s'appelle le 2ᵉ *régiment de zouaves.*

Oran, le 16 octobre 1885.

Le Colonel ,

Signé : THÉRY.

ÉLOGE FUNÈBRE

DE

M. LE CAPITAINE WAMBERGUE

PRONONCÉ LE 28 OCTOBRE 1885

en l'église de Norrent-Fontes

par M. l'abbé R. LANSOY, curé-doyen.

> *Et iste quidem decessit, memoriam mortis ejus ad exemplum virtutis et fortitudinis derelinquens.*
>
> Lui aussi est mort, mais en mourant il a laissé l'exemple de sa vertu et de sa bravoure.
>
> II. Machab. VI. 31.

MES FRÈRES,

Lorsque le vaillant défenseur des enfants d'Israël succomba, accablé par le nombre, sur le champ de bataille, où vingt fois sa valeureuse épée avait remporté d'éclatants triomphes, il n'y eut dans tout le camp et parmi tout le peuple qu'une seule explosion de douleur pour pleurer la perte d'un si habile et si vaillant général. *Et Judas cecidit et fleverunt eum omnis populus Israël planctu magno et lugebant dies multos.* Pourquoi ces gémissements profonds et ces larmes qu'on ne pouvait tarir ? c'est que celui qui avait succombé au champ d'honneur alliait merveilleusement les vertus qui forcent l'admiration pendant la vie et provoquent les regrets à l'heure de la mort. C'est qu'il avait été un modèle parfait d'héroïsme

★

et de religion : c'est qu'il avait vécu de façon à ce que sa mort laissait à tous le plus bel exemple de bravoure et de foi. *Et iste quidem decessit, memoriam mortis ejus ad exemplum virtutis et fortitudinis derelinquens.*

Le courage qui ne recule jamais et la foi, qui jamais non plus ne plie devant l'ennemi, est-ce que ce n'a pas été là le côté saillant de celui que nous pleurons ? Et, pour justifier l'explosion de douleur qui éclata de toutes parts il y a huit jours, qu'a-t-il fallu davantage que de savoir la fin prématurée du vaillant capitaine, que nous regardions tous comme le type de la valeur militaire et du chrétien fidèle ? *Et iste quidem decessit, memoriam mortis ejus ad exemplum virtutis et fortitudinis derelinquens.*

Parents éplorés, amis consternés, donnez libre cours à vos larmes : vous n'en aurez jamais versé de plus dignes ; et moi j'essaierai en ce moment de comprimer les émotions de mon cœur et les sanglots de ma voix, pour redire la bravoure et la foi du capitaine Placide-Auguste-Justin-Joseph WAMBERGUE.

I.

Il est des âmes privilégiées, chez lesquelles les vocations, qui supposent l'abnégation et le sacrifice, se font jour de bonne heure. Tel qui sert le Dieu des autels et tel autre qui sert le Dieu des armées se sont sentis, dès l'âge le plus tendre, appelés au redoutable honneur de faire triompher la foi ou de porter l'épée. Ça été le cas de notre regretté capitaine. Nature ardente et généreuse, intelligence large et puissante, volonté ferme et décidée, cœur sensible et dévoué, caractère franc et droit, il se sentit naître soldat. Ce n'était pas chez lui un héritage qui lui vint de ses pères ; c'était un don qui lui venait de Dieu. Dieu lui en avait fait un autre : celui d'un père et d'une mère à qui leur religion faisait un devoir de ne pas contrarier les desseins du ciel sur leur jeune fils.

Quand il vit son fils, dès le plus bas âge, jouer au soldat, comme d'autres jouent à l'autel, se tenir à l'écart, l'histoire en main, lisant et relisant avec une application passionnée, l'histoire de nos plus grands capitaines, quand il le vit se graver dans la mémoire, malgré sa jeunesse, la vie tout entière de ce géant des batailles qui fut Napoléon Ier et qui, en dépit de ses fautes, n'en restera pas moins le plus grand capitaine des temps modernes, enfin quand il acquit par ces signes que son fils devait être soldat, M. Justin Wambergue entra dans les vues de la Providence et seconda les goûts du jeune Placide. Homme de beaucoup de savoir et de lumineuse intelligence, ayant vécu au contact des illustrations de la capitale, ami lui-même des lettres et des sciences, et d'ailleurs père aimant et dévoué, comme il était ami sincère et serviable à tous, M. Justin Wambergue dirigea ses fils dans leurs premières études. Même sous le toit paternel une part était faite aux exercices préliminaires de la vie du soldat. Les récréations surtout y prenaient parfois un caractère militaire, où s'en donnait à cœur joie celui qui avait rêvé de porter les épaulettes les plus glorieuses possible.

Quoi d'étonnant qu'il entre dans la pension avec un peu de l'ardeur guerrière qui déjà le tourmente? Alerte, vif, gai, entraînant au jeu, hardi au besoin à braver les périls d'écolier, il n'en est pas moins bon camarade et élève docile, studieux, reconnaissant. Son ambition, car il en a déjà une, mais de bonne aloi, est de remporter des succès, de gagner des victoires sur ses rivaux de classe, en attendant qu'il en gagne sur les injustes ennemis de la Patrie ; il cherche dans les paisibles triomphes de l'étude, un gage aux bruyants triomphes du champ de bataille. Confié d'ailleurs à d'excellents maîtres, il vécut au collège de Marcq, si aimé de tous, égaux et supérieur, qu'on a conservé de son passage le plus heureux souvenir et qu'aujourd'hui il ne reste à dire de lui autre chose que du bien.

Dans les hautes écoles de Paris, où il acheva sa préparation à la vie qu'il convoitait, les mêmes témoignages sont restés du jeune homme studieux, bon, généreux, dévoué à toutes les causes justes et saintes.

Un de ses maîtres, qui occupe dignement aujourd'hui le siège épiscopal illustré par St-François de Sales, Mgr Isoard ; un autre, intelligence d'élite, victime des horreurs de la commune, le R. P. Ducoudray, se sont toujours trouvés d'accord pour louer en leur élève les vertus qui lui présageaient le plus brillant avenir.

Nous voici en pleine vie militaire. L'élève studieux, chargé de tant de lauriers, a quitté pour toujours sa famille et ses maîtres si chers. Il était prêt pour l'école polytechnique ; mais, à cause de l'abaissement du chiffre des promotions qui eut lieu cette année-là, en 1867, les portes ne lui en seront pas ouvertes ; c'est St-Cyr qui le comptera parmi ses plus brillants engagés volontaires. Il y vivra, comme partout ailleurs, estimé, aimé, recherché, vrai modèle de ses émules, plein de verve et de bonne humeur, avide de gloire et de combats, mais de combats livrés pour de justes causes ; la droiture de son âme ne lui permettait pas d'en désirer d'autres. Il en sortira à 22 ans, avec un rang très honorable, pour courir bientôt sur les champs de bataille jonchés de cadavres, trempés du sang le plus pur de la France, de la France meurtrie et foulée sous les pieds insolents du vainqueur.

Notre jeune sous-lieutenant, plein du feu que sent brûler en ses veines un cœur de 23 ans, en présence des blessures de la Patrie, faisait ses débuts d'officier à Poix. A peine eut-il le temps de paraître à son régiment, qu'il fût envoyé à Lyon comme lieutenant au 27e régiment de marche, chargé de former des recrues et courir en toute hâte renforcer l'armée de la Loire. Il arrive avec ses soldats improvisés, leur communiquant son ardeur. L'ennemi approche terrible, menaçant, enflé par ses victoires, vomissant la mort et le carnage. Orléans est sur le

point de succomber : on essaie pourtant de défendre la cité
glorieuse. Vaine résistance : les Teutons, nombreux comme
les grains de poussière du sol qu'ils foulent, sont trois contre
un. C'est alors que le général en chef se voit réduit à une de
ces nécessités cruelles pour le cœur du soldat français : il lui
faut reculer pour pourvoir au salut de l'armée. Mais pour
sauver les uns, il faut faire le sacrifice des autres. Le lieutenant WAMBERGUE est parmi la division sacrifiée ; on a bien fait
de le mettre aux avant-postes, car *il est de ceux qui meurent
et ne se rendent pas*. Vingt-six officiers déjà sont tombés
autour de lui ; lui seul, debout, fier suivant le beau mot des
anciens, *ferox*, essuie à quelques centaines de pas le feu de
l'ennemi. Quatorze balles percent son manteau : l'une plus
cruelle lui brise le bras droit ; de la main gauche il saisit son
arme et tient bon : il sera tué s'il le faut, mais il ne quittera
pas son poste ; les balles sifflent sans relâche : l'une, ô douleur !
le frappe aux reins et l'étend immobile. On le croit mort : lui-
même se pense mortellement atteint. Savez-vous ce qui le
ranime ? le bruit de l'ennemi qui s'approche. Être prisonnier
il ne le veut à aucun prix. Camarades, s'écrie-t-il, ne me laissez
pas tomber aux mains du vainqueur. Deux de ses soldats
l'entendent ; ils se dévouent pour le sauver et ils entraînent
comme ils peuvent leur jeune chef blessé, — action jugée si
héroïque, qu'elle valut au sergent qui le sauva la croix d'honneur !

Quelle vie mène alors notre lieutenant blessé ! Lui qui se
battait naguère comme un lion, le voilà languissant dans un
hôpital. Encore lui faudra-t-il quitter ce refuge devant les
injonctions d'un vainqueur inhumain. Orléans a succombé :
l'Allemand victorieux ordonne que tous les soldats français
blessés se retirent des hospices. C'était la mort à bref délai
pour beaucoup. Heureusement l'Ange de la cité, l'Évêque au
grand cœur, Mgr Dupanloup fait un appel de charité, qui est
entendu des enfants d'Orléans. Les meilleures familles se

dévouent : les plus grandes maisons deviennent des hospices ; les dames de distinction se font sœurs hospitalières. Noble famille, (c'est la famille Le Normand), recevez ici la gratitude d'une famille en pleurs, pour les soins délicats, qui rendirent à la santé celui dont on n'osait pas espérer la guérison.

Mais que de péripéties en cette terrible guerre de 1870-1871 ! Orléans qui avait un instant trouvé son libérateur voit fondre contre ses murailles l'armée formidable de l'ennemi. Après la délivrance, comme aux jours de Jeanne d'Arc, c'est de nouveau la servitude ! Plutôt que d'être esclave, je veux dire prisonnier, le jeune lieutenant, non totalement remis encore de ses blessures, court à la gare malgré l'avis du médecin, s'embarque sur le premier train venu, s'en va au hasard, confiant à son étoile, et parvient, il ne sut trop comment, à Limoges. Vous aussi, généreuse famille, soyez bénie pour la sollicitude que vous montrâtes envers le jeune officier. S'il a survécu à sa faiblesse, c'est à vous qu'il le doit. C'est un moribond, disait Madame de la Bastide à son père, c'est un moribond que vous m'avez amené ! Oui, c'était un moribond ; mais vos soins, tendres comme ceux d'une mère, ont rendu à la France un soldat !

Le jeune officier est de nouveau sur pied, mais faible, d'une faiblesse extrême. Qu'importe à sa bravoure ? Il sent que la France a besoin de son épée. Il court à Bordeaux, de là à Lyon. De lieutenant il devient capitaine, et ses camarades voient sans jalousie ses épaules de 24 ans chargées d'honneur : il a, en toute circonstance et en dernier lieu au 26ᵉ régiment de marche, déployé une telle énergie, que son colonel l'en a, à bon droit loué publiquement. Qui, après cela, aurait voulu venir contester, ô mon vaillant capitaine, le grade où vous fûtes élevé et où vous fûtes maintenu ?

Capitaine à 24 ans, cela est glorieux : mais capitaine en repos, cela ne pouvait convenir à une nature forte, active et généreuse comme la sienne. L'expédition de Tunisie vint à s'accomplir. Il suffit que l'honneur de la France se trouvât engagé et qu'il y eût des ennemis à combattre, pour qu'il demandât à s'enrôler et à voler sur le champ de bataille. Sa demande ne put pas être accueillie ; il s'en consola difficilement et, pour tromper l'ennui qui lui en revint, il demanda à partir pour l'Afrique, cette seconde patrie française. Là du moins, incorporé au 2ᵉ Zouaves, il sera dans son élément ; il respirera l'air de la bataille ; il entendra la fusillade de ces hardis cavaliers, qui fondent tout à coup sur le bivouac français pensant le surprendre, lancent leurs balles, heureusement mal dirigées, et s'enfoncent de nouveau sur leurs cavales rapides comme le vent, dans la profondeur de leur désert. Avec quel enjouement il racontait ces scènes, dont il avait été témoin à l'extrême frontière du Sud-Oranais.

Et, quand ces races indomptables n'occupent pas suffisamment l'ardeur du capitaine de Zouaves, il s'en va batailler la nuit, contre la bête fauve du désert, tant il a besoin de donner un aliment à son humeur guerrière, retrouvant, sans aucun doute, dans la chasse, ce dont parle Plutarque, l'excitation aux actes de courage et de bravoure.

Le reste de son histoire vous est connu. Vous savez comment la France, impliquée dans une affaire qui lui a déjà coûté tant d'or et tant de sang, eut besoin d'envoyer en Orient l'élite de ses soldats

Le capitaine Wambergue ne pouvait pas ne pas être du nombre de ceux que la Patrie chargeait de venger son honneur. Il quitte le brûlant soleil de l'Afrique, pour aller affronter l'air insalubre du Tonkin et faire sentir à nos ennemis le poids de son épée. Il voulut bien, à son départ d'Oran, m'adresser quelques mots que je n'oublierai jamais : ce sont comme des traits de flamme, qui trahissent l'ardeur de son dévoûment. « Nous » partons, me dit-il, pour le Tonkin ; le 2ᵉ Zouaves fera voir à » l'Orient que nous sommes toujours les premiers soldats du » monde ». Hélas ! oui, ô vaillant capitaine, vous étiez parmi

les premiers soldats du monde ; mais votre valeur ne devait
vous servir de rien. Vous avez eu beau , en un jour terrible ,
faire à marche forcée plus de 20 lieues sans repos, sans nour-
riture. sans quoi que ce soit pour réparer vos fatigues : la
déloyauté, la trahison, la perfidie devait triompher de vos
efforts. Ce que ni les boulets, ni les balles, ni l'épée de l'ennemi
n'ont pu faire, la peste l'a fait ; un fléau, cruel et perfide comme
les peuples que vous combattiez, a eu raison de votre courage:
et nous, qui saluions en votre personne l'officier de l'avenir ,
nous en sommes réduits à pleurer sur votre mémoire, n'ayant
pas même votre cadavre présent pour consoler notre douleur !......

Je vous ai montré, M. F. le soldat à l'œuvre : j'aurais pu
m'étendre davantage, et vous montrer l'homme de guerre,
instruit de son métier. habile dans le conseil comme il était
brave sur le champ de bataille. se faisant une place de distinction parmi ses frères d'armes. abordant au besoin la conférence
devant un auditoire charmé de ses doctes leçons. Aussi, quel
souvenir il laisse au régiment où il a passé, un souvenir,
écrivait-on ce matin même, qui ne périra pas.

J'aurais pu encore vous faire voir, qu'à l'exemple des grands
capitaines, la vie du camp n'avait en rien altéré en lui les belles
qualités qui font les bons fils. les amis fidèles. Mais où ne m'en-
traîneraient pas toutes ces considérations? J'aime mieux tout
résumer en un mot, et ce mot je l'emprunte à nos livres sacrés
beati sunt qui te viderunt et in amicitia tua decorati sunt;
« heureux ce qui vous ont connu et que vous avez bien voulu
honorer de votre amitié !.. » J'abrège donc ; et, après vous avoir
montré *le soldat sans peur.* je veux vous montrer *le chrétien
sans reproche.*

II.

Aux yeux des hommes, rien ne surpasse la gloire d'une vie
militaire bien remplie. Cela se conçoit; il y a tant de dévoûment

et de sacrifice chez le soldat, qui quitte tout, père. mère, famille, pays, pour mettre son courage et sa vie au service de sa patrie. Pourtant, aux yeux de Dieu, ce qu'il y a de plus glorieux, c'est une vie sincèrement chrétienne. Cette dernière gloire a été l'apanage de M. Wambergue.

A l'école de sa famille il avait appris le culte des grandes et saintes choses Son père, homme de foi et de religion autant que d'intelligence et de savoir, sa mère à qui la religion et les pauvres doivent tant, lui avaient appris à unir dans ses affections la croix et l'épée. A moi l'épée, avait-il dit dès l'âge le plus tendre, mais sans jamais repousser la croix : c'est-à-dire qu'il voulait être soldat, mais soldat chrétien. Il le fut.

Aussi longtemps qu'il vécut au foyer domestique, au milieu de ses rêves de vie militaire, il ne lui en coûta nullement de remplir ses devoirs de piété et de religion. Déjà on voyait qu'il serait un jour de la race de ceux qui savent manier l'épée et mouiller de leurs larmes le pavé du sanctuaire. A son passage dans les différentes maisons d'éducation où il continua et termina ses études, il donna les mêmes marques de foi, ferme, inébranlable, sincère, qui faisait pressentir en lui le courage d'affronter tous les orages de la vie et la gloire d'en triompher. Je tiens de ses maîtres, qu'il a été pour eux une gloire et une consolation, non seulement à cause de la belle et haute intelligence, mais aussi et surtout, à cause des inébranlables convictions religieuses, dont il ne s'est jamais départi.

Sa foi de chrétien ! Il la manifestait sur le champ de bataille en toutes circonstances. A la terrible journée d'Orléans, où vingt fois il devait périr, savez-vous à quoi il pensait, étendu sur le sol, et baigné dans son sang ? Il va vous le dire lui-même « Je recommandais mon âme à Dieu, je m'excitais à bien mourir, « je pensais à vous, (il écrivait cela à sa famille), et j'attendais « la mort » ! Il attendait la mort, mais après avoir fait « un acte « de contrition parfaite »......

Sa foi de chrétien ! Elle l'accompagne à travers ses expéditions lointaines; en face de l'ennemi, il veille sur l'âme comme sur la vie de ses soldats. Ce serait une cruauté de demander à l'homme le sacrifice de sa vie, sans lui donner le moyen de sanctifier ce sacrifice fait à la Patrie. Le bon et religieux capitaine n'encourra point le reproche d'avoir laissé mourir ses soldats, ou plutôt ses enfants, sans leur procurer les consolations de la religion. On est en plein désert et il fait nuit: un de ses Zouaves va mourir: immédiatement un hardi cavalier est envoyé à 10 lieues chercher le missionnaire. Le prêtre accourt de toute la vitesse de son coursier arabe; il confesse le moribond, lui donne les derniers sacrements, puis s'en retourne avec la conviction d'avoir fait deux heureux : le capitaine et le soldat: l'un parce qu'il est bien préparé à mourir, l'autre parce qu'il a pu lui procurer cet inestimable bienfait. Noble phalange, valeureuse légion, plus terrible que la phalange et la légion antiques, je sais que les habitudes chrétiennes sont traditionnelles dans vos rangs! Lions dans le combat, après la plus chaude affaire vous redevenez agneaux: rentrés au bivouac, vous comptez vos morts ; et, comme les guerriers des anciens temps, vous jugez utile de recommander à Dieu ceux qui sont tombés au champ d'honneur. Vous n'oublierez pas un de vos plus braves capitaines; vous ne pourrez pas déposer une couronne dans les plaines brûlantes du désert, au lieu où il est vaillamment tombé: vous inscrirez son nom au registre matricule de vos morts et vous le recommanderez à Dieu : vous vous souviendrez de lui devant les autels du Très-haut, car c'est une pensée sainte de prier pour les morts.

La foi chrétienne du capitaine Wambergue ! mais qui n'en a été témoin? Habitants de cette paroisse, vous souvient-il de l'avoir vu, ici, dans cette église, lui le soldat vaillant et fier, le front découvert, le genou plié devant le Dieu des autels ? Vous souvient-il de l'avoir entendu, ici encore, chanter d'une voix vibrante le *Credo* du chrétien ? Vous souvient-il de l'avoir entendu, il y aura un an dans quelques jours, s'associer à nos chants des morts, comme s'il eut pressenti que ses funérailles étaient proches ?...

La foi chrétienne ! mais il en avait toutes les saintes habitudes : il n'en rougissait devant personne. Capitaine vaillant et guerrier comme il l'était, il ne dédaignait pas de se faire parfois pèlerin et d'aller offrir son hommage filial à la céleste Mère du soldat comme du matelot. Lourdes l'a vu plus d'une fois agenouillé dans son sanctuaire, rappelant les scènes d'un autre âge, où le pieux chevalier déposait son casque et sa cuirasse aux pieds de la madone, à qui il demandait force et courage pour combattre les bons combats. Notre valeureux capitaine allait là-bas épancher son âme dans une prière douce et forte comme la prière du soldat.

Sa foi chrétienne ! mais il m'en donnait une marque bien sensible le jour même de son départ pour le Tonkin. « Je me recommande, m'écrivait-il, à vos prières et je demande votre bénédiction ». Il eut mieux que la prière et la bénédiction d'un pauvre prêtre, comme je suis ; durant la traversée, quand son navire faisait relâche, il lui fut donné de voir un évêque missionnaire, de lui ouvrir son cœur et de se courber sous sa main bénissante.

Sa foi chrétienne ! mais elle avait les sollicitudes d'un apôtre. Il était à Keep, se préparant à courir à Lang-Son réparer les désastres dus à la trahison et venger le drapeau de la France. C'est alors que, parmi les recommandations qu'il confie à une lettre pour sa famille, il place celle-ci : « Si je meurs dans le combat, dit-il, vous donnerez 100 fr. pour la propagation des bons livres, c'est-à-dire des livres chrétiens. » Sa foi éclairée connaissait les dangers que fait courir aux intelligences une presse impie et licencieuse, qui, comme cela ne s'est jamais vu à aucune époque, attaque avec la dernière perfidie et la dernière violence tout ce qu'il y a de plus respectable et de plus sacré.

Que si vous voulez vous édifier sur les qualités et les conditions de sa foi, je vous dirai que jamais foi ne fut plus vive ni plus rationnelle. Il connaissait à fond son métier de soldat : à ses énergiques dispositions pour l'instant de l'action il joignait la science militaire. De même il connaissait sa religion : il connaissait d'ailleurs tant de choses : il était initié à tant de sciences diverses : pouvait-il ne pas connaître la grande science de Dieu et de l'âme? Il connaissait sa foi, sa religion, parce qu'il l'avait étudiée avec un cœur pur, et non à travers le prisme trompeur des intérêts de la terre et des passions humaines; il connaissait sa religion et il l'aimait par cela même qu'il la connaissait.

Il savait bien, au reste, que loin d'affaiblir l'intelligence, d'émousser la volonté, d'amoindrir le caractère, elle double au contraire nos qualités naturelles; elle allonge chez nous le rayon visuel, en nous ouvrant l'horizon du ciel : il savait bien qu'elle est propre à grandir l'énergie du soldat, à affermir son courage en lui enseignant à bien mourir; et il ne savait pas moins que la religion ne fait qu'augmenter la valeur de toutes les vertus civiques et domestiques.

O France! puisses-tu compter parmi tes défenseurs beaucoup de héros semblables à celui que nous pleurons! Avec de tels courages pour te protéger, tes destinées n'ont rien à craindre à l'avenir : et, si ta gloire s'est quelque peu éclipsée, tu ne saurais tarder de reprendre pour toujours le rang qui convient à ton histoire et à ta mission !

Et vous, Seigneur, vous nous avez appris par votre Apôtre que, pour le vrai chrétien, la mort n'est pas une perte mais un gain, vous nous avez dit encore, que d'ordinaire, l'on meurt comme l'on a vécu. Ce n'est donc pas présomption de notre part de penser que notre cher capitaine a fait une fin digne de sa vie. A vous, Seigneur, d'accorder la récompense à celui qui a appris sous votre regard à lancer le javelot et à manier l'épée. Ni la poudre des combats, ni le cliquetis des armes, ni les excursions lointaines, ni les solitudes du désert ne lui ont fait oublier votre nom. Vous êtes un Dieu fidèle, accordez la palme qu'il a méritée à votre fidèle serviteur. S'il lui reste quelque chose à expier vis-à-vis de vous, si le sacrifice de sa vie ne pèse pas encore d'un poids assez lourd dans la balance de votre justice, nous y ajouterons les larmes d'une famille écrasée sous le poids de la douleur, les regrets d'amis inconsolables et nos propres gémissements; nous y mettrons le sang de votre fils J.-C. Acceptez, Seigneur, tous ces sacrifices : et introduisez au plutôt dans le séjour de l'Éternel celui qui a passé sur la terre en donnant à tous l'exemple de la force et de la vertu chrétienne. *Memoriam mortis ejus ad exemplum virtutis et fortitudinis derelinquens...* Ainsi soit-il.

Madame,

D'après la recommandation de votre digne fils, le brave capitaine Wambergue, je viens, plusieurs semaines après sa mort, non pas vous annoncer la fatale nouvelle, car il a voulu que d'autres personnes vous l'apprennent avant moi ; mais je viens vous donner quelques détails sur les derniers moments de cette chère existence.

Dès qu'il ressentit les premières atteintes du choléra, le capitaine Wambergue déclara au Docteur qu'il voulait mourir en chrétien comme il avait vécu ; et pria celui-ci d'envoyer chercher un prêtre catholique. D'aumônier militaire, il n'y en avait point, puisque le *seul* aumônier du corps expéditionnaire est chargé de l'hôpital de Haï-phong.

Dans toute la région immense qui s'étend de Ha-noï à la frontière chinoise, j'étais le seul prêtre français ; et ma résidence habituelle est la ville de Son-Tay. Le général Jamais me fit demander par dépêche et je partis aussitôt, laissant près de 300 malades à l'hôpital de Son-Tay, pour me rendre auprès du capitaine Wambergue et des autres cholériques de Bach-Hac (Bac Hat), qui tous demandaient les derniers secours de la religion.

Lorsque j'arrivai à l'ambulance, votre fils m'exprima très vivement sa reconnaissance et me dit qu'il se croyait mieux. Il paraissait, en effet, heureux et content, et, quand je lui serrai la main, je trouvai qu'elle était encore chaude, que par conséquent tout espoir de guérison n'était pas perdu. Dans cette première entrevue, nous causâmes fort longtemps ; il me parla beaucoup et d'une manière touchante de sa mère et de ses anciens maîtres de Marcq. Il me disait par exemple : « Lorsque je veux faire quelque chose, je me demande si cette action ferait plaisir ou non à ma bonne mère et à mes anciens maîtres, et la réponse étant négative, il est bien rare que j'outrepasse. »

Cœur d'or, grande âme qui s'est dévoilée toute entière avec la plus aimable franchise ! Il ne tarissait pas d'actions de grâces envers Dieu qui lui avait donné une si bonne mère et des maîtres si excellents. Quels beaux fruits porte l'éducation chrétienne !!

Le capitaine voulait faire une confession générale et, pour cela, s'examiner sérieusement. Il me pria de revenir dans l'après-midi. Le soir, à trois heures, je me trouvais auprès de lui. Il fit sa confession avec les sentiments de la foi la plus vive et de la piété la plus ardente. La mort ne l'effrayait pas. Il regrettait seulement les fautes passées et manifestait son repentir avec de tels accents, qu'il me faisait fondre en larmes. Jamais je n'ai éprouvé tant d'émotion et en même temps tant de consolation auprès d'un mourant ; c'est qu'aussi les âmes de la trempe de votre fils sont bien rares aujourd'hui !!

Le lendemain matin je devais revenir à Son-Tay. J'allai faire une dernière visite au brave capitaine ; je le trouvai plus froid. Il me dit : « c'est fini ; à la volonté de Dieu... ; je meurs content, grâce à vous ; permettez-moi de vous exprimer une dernière fois toute ma reconnaissance. » Il ajouta : « je veux vous donner quatre piastres pour venir en aide à vos malheureux chrétiens si persécutés. Je vous demande d'écrire à ma mère, mais dans quelques semaines seulement, pour lui dire que j'ai conservé intact le dépôt de la foi qu'elle avait placé dans mon cœur ; et que je meurs en chrétien. Je ne reverrai plus ici-bas cette bonne mère, mais je la reverrai au Ciel. »

Il m'écrivit ensuite lui-même votre adresse sur un morceau de papier qui contient peut-être les derniers mots que sa main a tracés

Je lui serrai une dernière fois la main et lui dis : adieu. C'était l'adieu, en effet, car en arrivant à Son-Tay, j'appris par dépêche que le capitaine Wambergue était mort. Il était mort en chrétien. Vous le savez déjà sans doute, Madame : les nombreux amis du capitaine ont dû vous l'écrire. Je tiens cependant à vous le dire moi-même, d'abord pour accomplir une des dernières volontés du cher défunt, ensuite pour apporter quelque consolation à votre âme si fortement éprouvée.

Ne pleurez pas, Madame, le fils que Dieu vous a ravi ; estimez-vous plutôt bien heureuse d'avoir un protecteur de plus dans le Ciel ; car il est au Ciel votre fils, et c'est là que vous le retrouverez un jour pour ne plus vous séparer de lui.

Agréez, Madame, l'hommage de mes sentiments les plus respectueux.

AD. RICHARD, missionnaire apostolique.

30